阳 光 诗 系

诗年表

叶舟 著

黄河出版传媒集团
阳 光 出 版 社

图书在版编目（CIP）数据

诗年表 / 叶舟著. -- 银川：阳光出版社，2024.

6. -- (阳光诗系). -- ISBN 978-7-5525-7354-1

Ⅰ. I227

中国国家版本馆CIP数据核字第2024VP9926号

阳光诗系·诗年表　　　　　　　　叶舟　著

责任编辑　李少敏　申　佳
封面设计　鸿儒文轩 · 末末美书
责任印制　岳建宁

黄河出版传媒集团
阳　光　出　版　社　出版发行

出 版 人　薛文斌
地　　址　宁夏银川市北京东路139号出版大厦（750001）
网　　址　http://www.ygchbs.com
网上书店　http://shop129132959.taobao.com
电子信箱　yangguangchubanshe@163.com
邮购电话　0951-5047283
经　　销　全国新华书店
印刷装订　山东新华印务有限公司泰安分公司
印刷委托书号　（宁）0029854

开　　本　880 mm×1230 mm　1/32
印　　张　7.625
字　　数　150千字
版　　次　2024年6月第1版
印　　次　2024年6月第1次印刷
书　　号　ISBN 978-7-5525-7354-1
定　　价　68.00元

目 录
CONTENTS

眺望崆峒

这一支炬火，在雨雾中点亮。在创世的当初，
抟土造字，结绳记事，拾起了那一刻开蒙的心跳。

这一只仙鹤，一半雪亮，一半黝黑，犹如
大地之上四季的更替，带来了五谷和《山海经》。

这一扇门，分开了今生与彼岸，在河流的上游，
倘若一个婴儿落地，那么洪水止息，野兽纷纷称臣。

这一盘棋，好像楚河汉界，日月对峙，竟然下得
难舍难分。其实谁都知道，这不过是一个问道的黄昏。

这一幕问答，没有辞藻，也无关手势。因为赤子和香草
站在清凉而广大的天空之下，包括泪水也显得多余。

这一块黑板，名曰崆峒，缄默如石。当凤凰和真理
在春天发芽， 些朴素的念想，开始了群山奏唱。

哦，这一间课堂，离天三尺，鲜花繁密。上山时
我迎面碰见了先生，赶忙侧立一旁，鞠躬致敬。

问道

哦
一定
有一道
谜底挂在
山顶；一件
蓑衣推开山门
一堆古老的篝火
暗夜激荡，带来了
最初的哲学；那时候
崆峒在上，所谓的天下
与苍生，才是人间的烈酒

哦
拾级
而上时
一架天阶
栖满了凤凰

与香草；彼时
上大人或者君子
一张琴，以及半块
黑板，开启了这一个
民族谈经夺席的第一堂
课程，竟而不知东方既白

哦
稼穑
与兴旺
仿佛江山
埋下了伏笔
谁在此刻讴唱
谁就彻悟了时间
的奥义；其实下山
与上山乃同一个道理
只不过一本旷世的典籍
像头羊或领袖，一骑绝尘

大云寺的雨

弥望中，雨在丛聚，在跋山涉水。

雨是一炉香火，搬到了
泾河的上游，开始晾晒《诗经》。
雨是一捆干净的柴火，伐自春秋，
伐自汉唐，让世上的心碎人，
一边烤火，一边缝补衣裳。
雨是一支长毫，
蘸上山花与蝴蝶，描画
今生今世的菩萨。
雨是打麦场上的石磨，
灌下泪水和劳作，
让公鸡开花，灯笼归家。
雨是　页宣纸，盖住了
青蛙的喧哗，那些晕染的过程，
像极了一种刹那。
雨是一架梯子，先是凤凰，

而后鲲鹏，依次走下了天庭，
麇集在人间的崆峒。
雨是这大地上所有村庄的乳名，
当黄昏迫近，爹妈站在门口，
洗净了白发，以及这一生的清贫。

或者说，这一场五月的甘霖，
是般若，
是法衣，
是一抔天空的舍利子，
清凉广大。让儿女们俯下身子，
逐一拾起了婆娑的恩情。

安口镇的一片碎瓷

这片瓷，碎在了秋天，当时的人们
犹有记忆。在茶马互市的年代，它的跌落
与惊叫，仿佛一匹马飘失在黑夜。

这片瓷，原籍华亭，出生于汭水一线。
在广大的平凉之境，有人问道，
有的人避雨，只有这一捧泥土走进了爝火。

这片瓷，由此深藏荆棘，因为内心的庄严，
兀立于水边，那些古老的凤凰与麒麟，
等于邻家的子女，彼此知根知底。

其实，那是一个平淡的早上，像婴儿啼哭，
像一切思想的泌出。当窑口打开，
一件日常的器皿，说出了生活的清白。

这片瓷，用笔墨描绘。如果南坡上的桃花

羞于馈赠，那么对岸的一介释子，
一定要解开包袱，用经卷将它浣洗。

这片瓷，曾经远赴长安，或者奉香，
或者濡墨，游走于帝国。像所有雄心
难息的书生那样，知音寥落，卷旗西返。

这片瓷，掸落灰尘，踱出了黄昏。
那时的江山甚好，山梁走唱，一碗酒
足以让一部《诗经》，开始山高水长。

不过，在关山脚下，在安口镇的废墟，
天工开物，仿佛五月的藤萝，挂满了
颓墙，这终将是一幕秘密的修行。

苹果熟了

让苹果挂着,
照亮坡地、鸣禽、儿女和香火。
不要叩门,不要打听,
如果一碗净水中出现了
它的倒影,那一定
是春天留下的应许。

其实,树下打盹的神仙们,
一直跟我心知肚明,不敢乱语。

让苹果滚遍大地,
提着灯笼,依次喊醒了
世上的村寨、佛龛、爹娘和雨水。
去年走失的那一支商队,
犹在人间,谁敢说
这一生能跑出怀乡的半径?

因为，那些清贫的过去，法相威仪，
这一滴内心的蜜汁，身世清晰。

崇信大槐树

这个日子，喊来了长老们、灶王爷、芹菜和萝卜，
又喊来了篝火、芒鞋、药草、仙鹤与拐杖，
围坐树下。黄帝前去问道，免不了一番饯行。

这个日子，喊来了白马、木鱼、壁上的仙女，
也喊来了船夫、落叶、渡口、隐者和孙猴子，
围坐树下。因为玄奘西行，打算要托付一些心事。

这个日子，喊来了鞭炮、吹鼓手、缎子被面，
还喊来擀杖、臊子面、凉粉、皮影戏，以及穷亲戚，
围坐树下。大闺女出嫁，舅舅的眼泪哭满了半缸。

再远

再远，有一座银矿。

再远，一窝鼹鼠，藏下冬季的萝卜。

再远，寺里正在修钟，莲花病愈。

再远，羊群下山，走向了肉铺。

再远，坡地上晾晒了一匣子经书。

再远，二闺女骑着拂尘，远嫁大柳。

再远，上弦月走后，茯茶也凉了。

再远，头顶上一直空着，犹如佛窟。

然后就到了敦煌，翻身下马，

点一盏油灯，喊醒墙上的每一位菩萨。

祁连山谶言

比东面的朝霞，少一炉香火。
比西来的大象，多了一节骨骼。

比夜晚，少一只鹰。
比今生，多了一件袈裟。

比此岸，少一件乞钵。
比大唐，多了一介李白。

比天空，少一坨酥油。
比敦煌，多了一堂肃穆。

比你，少一份痛彻。
比我，多了一幕热烈。

突然决定

靠在山脚下，突然决定，

大哭一场。你看，春天跳下了马车，

寺庙亮了，鸣禽和枞树，

像一门古老的哲学。大哭一场，

最好蘸上泪水，将冬天用过的灯台

逐一洗净。鲜花在坡上，

麋鹿和枝条，被露水扶起，

在雪线收缩的一带，

凤凰破土，妇女哺乳。

祁连山：一座思想的天山，

一根伟大的脊梁，用了绿洲和石窟，

菩萨与毛笔，卷土重来，

写下今日的说辞。靠在山石上，

突然决定大哭一场，

你看春天来了，春天就要有

春天的样子，布施下悲痛、酥油、隐忍和鞭子，

在这无限的北方。其实也并不孤单，

孤单才是一堆真正的熈火，

晒干《汉书》和酒碗。哭作一团的，

另有班超、霍去病和张骞诸人，

而那个身披袈裟，牵着

一匹白马的僧人，刚刚离开了当年的长安，

大概在九月才能相见。

八月，邂逅一句唐诗

或许，那一根孤烟，
其实是老鹰撂下的暗影。有人拾起它，
开始研墨，写下大唐的《心经》。

也或许，那不是一块墨锭，
因为天空澄净。牧羊者走出了沙漠，
一不小心，喊破了头顶上的玻璃。

雪豹经过了寺院

雪豹经过了寺院，脱下一件衣裳，
用神秘的花纹，求证贝叶经。

雪豹经过了寺院，看见玄奘
或鸠摩罗什，在古历四月初八，开始沐浴。

雪豹经过了寺院，冰川犹在，
春天里的货郎，捎来了凉州一带的消息。

雪豹经过了寺院，一些酥油化了，
一些灯台熄灭，终归是有惊无险。

雪豹经过了寺院，往往揭起了门帘，
跟我打　声招呼，去而不返。

雪豹经过了寺院，壁画上的大象与狮子
突然慌乱，因为孤独这一碗药，恩重如山。

最响亮的月亮

月亮下头，鸠摩罗什
和我，刚刚从雕版上揭下了
一页湿纸，端详再三，
开始晾晒经文。月亮没有醉意，
不打瞌睡，照过凉州，
也照过甘州、肃州和敦煌，
像我这样的匠人一般，
谨小慎微，恪守本分。

月亮下头，一匹白马
走进了寺院，不赠僧衣，
也不曾献上莲花，却是一个
襁褓中的弃儿，哭声嘹亮。
大概在秋上，有人匿名
送来了一坨酥油，另有一缸
蜂蜜，这种恰当的因缘，
突然之间开始融化。

月亮下头，一切并非
那么安详，窟子里的大象、狮子
和麋鹿，从壁画上走下来，
纷纷剃度，回到了人间。
在南门外，一个人
掏出了度牒过关，倘若上面
空白无字，口音
也可以证明他是家乡的子弟。

此刻

嘘，骑在山脊上的
那一团乌云，卸下了雷电，
开始用墨水抄经。

嘘，三棵枞树带着锯子，
正在剖解内心，突然发现了
树皮下雪豹的纹理。

嘘，山顶上积攒的，
要么是前世的盐，或者是
今生的雪，彼此相生相喜。

嘘，我翻身下马，
恰好寺门紧闭，般若休憩，
这说明一切还有待时日。

我对祁连山并不见外

山中，藏着这个人世上所有的根苗：
铁，灯台，因缘，袈裟，蘑菇，豹子与佛法，
儒典，后人，以及一场泪水。

我来到的第一天，和最后一日，
其实什么也不曾看见。

我对此并不见外，因为佛龛空了，
往后的日子，挑水劈柴，才是一门殷勤的课业。

马踏飞燕

铜马，一盏灯台。
铜马，从汉朝到大唐，
款步而来。
铜马，饮冰茹雪，筋存怒脉。
铜马，胡笳与长笛，
总计十八拍。
铜马，驮来了一部佛经。
铜马，秋风塞上，
总有一些事，一些爱戴，
不必介怀。

铜马，铜马，
远放焉支山下。

凉州长笛

笛声中，有一座旧式基廓，名曰凉州。
笛声中，七里十万家，五门十八姓，彼此姻亲。

笛声中，老鹰和佛陀，开始搬迁新居。
笛声中，秋风拂面，一页经书刚刚录毕。

笛声中，祁连山业已白头，不是下雪，乃是星光。
笛声中，痛苦不过是一份口粮，正在慢慢研磨。

那一日

那一日，祁连山落雪，
有关豹子兄弟的消息，开始
众说纷纭。那一日，
要么是枞树，但更可能是一片
病中的白桦林，不治自愈，
走下了山坡。
那一日，炊烟俨然是蓝色的，
来自青海，形如经幢，
有待凉州去援管落墨，抄下
这个季节的心事。那一日，
恰值正午，老鹰迎娶了雪莲，
这一段秘密的姻缘，
堪比酥油与冰糖，从清朝
一直甜到了民国。
那一日，在绿洲境内，
马帮和驼队就此辞别，一支北上，
另一支南下四川。那一日，

村小开放，鞭炮齐鸣，
一介少年终于领到了课本及毛笔，
不是别人，他就是我的父亲。

……自此，我在凉州的这一张
扉页上，钤下了
个人的印信。

二月二，龙抬头

头颅突然间轻松了，祁连山亦作如是观。

接着，冰川消融，
万木蓊郁，
春天跑下了山坡。在不远的沟里，
有人在浣洗袈裟，有的人
在张望货郎，
更多的牛羊，则走向了生育。

龙在哪里？其实
没有谁，胆敢这么发问。

唯有壮烈的山脊静默着，一如从前。

绿洲缠绵

昏黑的乌鸦，就像我们
在七百年前，捧住的一只只旧饭钵，
蹲在先人的膝下，守住稼穑。

偶尔，一匹白马带着月亮，
秘密南下。张掖睡佛，酒泉哑巴，
敦煌的匠人，纷纷收起了泪水。

和平来了。——这广阔的水脉，
犹如一张偏方，按住了地埂
与节气，也修复了镢头、连枷和内心。

伐冰

那三块冰，用夏天的斧子
伐自山顶，并不是交给疏勒河，
以及深广的戈壁。因为人世上的秋天近了——
木鱼冷却，
弦索枯寂，
一切已无从谈起。

于是，那三块冰：寺庙，雪莲和灯，
必须依次赠予
天空，
心病
与守夜人。
唯有祁连山静默如佛，翻开了
下一年的阴历。

在马蹄寺点灯

事实上，不必点灯。

尤其在黑松林一带，
山口之地，冰川的下方，
藏经阁的屋顶。
或者游牧的部落，或者
打鸣的公鸡。春天
往往有一场在世的薄雾，
夏季是唱诵，九月的
凉州大马，
于此处换下了蹄铁，
开始在雪中磨洗。这一切
真的不必点灯。

窝阔台的蒙古大军，刚刚
越过了山脊。
谁点着了炬火，谁就
泄露了天朝的机密。

黄昏怎么概括

黄昏怎么概括，尤其在冬季？

失踪的儿马，昨晚夕
叩门回家。
马厩空着，那些痛苦的草料
挂满霜花，
剔除了哲学与盐粒，犹如
来日的长路，
充满了谶语。

彼时，天空泌下了一滴蜂蜜：
表面像夕光，
内部
却是一件法器。

后半夜

后半夜，有人在跟雪豹称兄道弟，

赉夜下山，

去邀请一个大雪纷飞的冬天。后半夜，

马厩里的干草突然告罄，

但香音神撒下的花瓣，足够

支撑这个季节。

后半夜，一块山石莫名地炸裂，

但内部的酥油灯

完好无缺，犹如

一只新娘子的绣花鞋。后半夜，

在山脚下的部落，

谁在咳嗽，谁开始了早课，

也许只有雀鸟和门槛心知肚明。

后半夜其实是一座窟子，

一切都不可言说。那时候，

佛陀酝酿了一马勺天光，火候未到，

还有点半生不熟。

张掖消息

张掖的麦草，往往需要晾晒、打捆、长途运来，
成为山中诸寺的御寒之物。

但是，问题无所不在：涨价是一个因素，
天气阴沉，太阳这一座高炉也是麻烦不断。

这其实没什么了不起。入冬后，
大雪封山，在寺里挂单的那一段日子，

我经常跟着师父，捡拾斑鸠、旱獭、羽毛和松针，
浣洗一新，准备好来年的柴火。

来年，在史书中这样记载：太古以来，
甘凉大道上，万泉涌地，如星丽天。

去慰问泉水

山中的泉水，并不比雨水密集，
尤其在这个季节。

但是这些泉眼，乃是
上苍打在大地上的银钉，朴直而烁闪，
含着秘密的熔岩，
盯望长天，锁住岁月。
在雪豹的领地，在寺院与法号的吹鸣中，
在慰问的半途，
这些热烈的泉水，另有
一个别称：白哈达。

围坐泉边，我们跟粮食和菩萨一起，
诉说心事，
小心翼翼地浣洗过去的清贫
与泪水。

——这一刻，多么珍贵。

在张义镇

卸下铠甲，刀枪入库，
在湖水里洗净手脚。
那些金属的杀气，
其实并不被天梯山悦纳。

群山如佛，如缄默的供案，如往昔。

但是开窟造像，则是
另一门纪律。

在张义镇的户籍上，总计
有三户居民：
一位坐佛早于敦煌，
另外的一对喜鹊夫妇，犹如
阿难与迦叶
侍立耳畔，日夜诵念般若经。

不可言说。在这一片幽深的谷地，
春天也才刚刚苏醒。

有一度

有一度，并不是雷电纵火，
而是枞树热烈的心，
在公开表达。有一度，
山羊带着帐篷和子女，
踅出寺院，胡子一大把了，
竟也未能证悟。
有一度，榛莽丛林之间的麋鹿，
犄角上挂着马灯，
在寻访黑夜的下落，这样的事情
往往徒劳无功。有一度，
货郎在清晨进山，兜售自己的苦恼，
但是被一群旱獭拦住，
类似陈桥兵变。
有一度，那是我的学徒岁月，
我在印经院里帮工，
不小心划破了手，
一袭红袈裟，突然披在了
佛经的肩头。

咏叹

白云悲伤吗？白云的
悲伤不告诉我，因为
它身旁坐着佛陀。

鹰悲伤吗？鹰的
悲伤看不见我，因为
它的翅膀披满了佛光。

石窟悲伤吗？石窟的
悲伤已经熄灭，因为
鲜花和飞天在此出没。

我悲伤吗？我的
悲伤显而易见，因为
大地寒凉，已是秋天。

……这高地，这永恒的使命，却依旧滚烫。

阅读

在修远的地平线上，
……一介释子。

我读到了尾声。
我合上书中的流沙
与脚步。
秋深了，一杯酒
就此转凉，
却看不见那一只大雁，
脱下袈裟，
诉说来路。

在天空的草纸上，
我临摹、描画，并慢慢
写下两颗字——
神态！

苍冷如墨

用流沙抄经，顺便找见
蜥蜴、响蛇和雉鸡的巢穴，
不打招呼，推门而入。

用雨水抄经，往往在午后，
一卷沙尘，落在头顶，
像张王赵李，喊不出名姓。

用指血抄经，如果一些往事，
由黑变红，当然
说明了一个人，大病初愈。

——傍晚提笔，我突然想死了
这个人间。掩上柴扉，
石窟内，唯有泪水，苍冷如墨。

石窟下的麦地

这一块麦地，属于人间。

要不，菩萨
也不会捡来露水
和风，让它们埋在冬季，
却在春天开口。要不，
佛陀也不会净手，
借来月光，
让它们秘密发芽，
说出上一世的缘灭，
以及今生的因果。
要不，一个少年
在禾穗中奔跑，
骨骼在拔节，
鹰隼提携，偶尔的
跌倒，像一次
勇敢的试炼。要不，

让我把石窟喊醒，
把天下的麦子，
全部喊熟？灯下，
一家人围坐，
这个清朗的少年，
原来是，我的父亲。

确认

从壁画上下来，就再也
没能回去。

拾柴，吹火，煮粥。
到了正午，
又诞下一群儿女，
放入羊圈。
剩下的事情，就是
一灯如豆，
在傍晚穿针引线。

石窟是黑的，
人世上也没有一扇
轻松的门。
从壁画上下来的
菩萨，早已
是我的母亲。

叮嘱

将一盏灯送进
石窟，也别忘了
带一把青稞。

将一棵菩提
栽上壁画，也别忘了
供一碗净水。

将一尊佛像请进
敦煌，一定别忘了
养一对羔羊。

菩萨不会走。
可万一走了，这些
就是我们疼痛的拌料。

敦煌的雨季

雨下进洞窟，
并不像那些沙粒，
可以破土、萌芽，抽枝散叶，
写下秘密的经书。
雨，一旦落下，
那些白杨树上的鸦群，
将要摘下面具，
有的成修士，
剩余的，则是兄弟。

下雨时，一匹发光的马，
也会卷起壁画，
驮起菩萨。
如果有一盏灯更好，
可以看见藻井之上的
那朵白莲花，
原来，是牧羊的卓玛。

一座桥

清早。那一座桥上，站过道士、马和佛塔。
雾的下面。菩萨拾起字纸，装订佛经。

石窟锁闭。秋天来了，秋天并不是孤身一人。
番茄和玫瑰来自西域，水土不服，不免眩晕。

那一座桥，左面叫此生，右面是彼岸。
引舟如叶，我用秘密的诗行，供养经年。

正午的烈日

跌坐石窟，
与大象、狮子、蛇，以及
藤萝和菩提；
与世上所有的鸣禽和花草；
与佛陀和苍生，
一起吹熄灯台，
仰首问天。等待莲花藻井上的
一滴水，
普度
而来。

一滴慈悲的水，
广阔的水，将被天空的恩情，
慢慢
挤下来。

而洞外，烈日飞卷，带着一种
清醒的黑暗。

事件

我丢了一粒沙子。

刚才，就在一只
仙鹤擦过头顶，
它的翅膀忽然变凉；
就在月牙泉边，
一条鱼，吐露心扉，
说看见了第一块
世上的冰；就在
芦荻悲鸣，
羊群开始打草，准备
御冬的干粮；
真的，也就在我走过
鸣沙山之际，
我丢了一粒沙子，
一滴坚硬的
眼泪。

秋天来了。秋天一定拾走了，
地上的东西。

过关

在掏出度牒之前；

在查验口音，塞上小费之前；

在公鸡报警，帝国的税官酩酊之前；

在寡妇有喜，踅进客栈之前；

在下一个商团失踪之前；

在理发馆里有人净身之前；

在空洞的口号站上城墙之前；

在干旱丛生、灯笼吹熄之前；

在玄奘寂灭十三年之前；

在党参和锁阳于长安热卖之前；

在陛下肾虚、恍兮惚兮之前；

在一首边塞诗被走私入境之前；

在玉门关下，玉碎之前——

那一刻，唯有稗草

和这个时代的君子与义士们，

纷纷倒地。

敦煌札记

沙子在鸣沙山上，
并不叫沙子。
鸣沙山上的
沙子，其实是
一个个仓皇的释子。
有的掩面，
有的哭泣，
更多的人秘密抄写，
记下道路、美景和脚印。

月亮在月牙泉上，
也不叫月亮。
月牙泉上的
月亮，其实是
一只只滚烫的白羊。
有的润笔，
有的研墨，

更多的人献上自己，
用皮革装订出馨香的佛经。

渥洼池中的天马

那一切，不过是倒影——

马在天上，
像一块巨石，
镇住云朵、罡风和星辰。
马驮着经书，
晾晒着世上的贫穷、
疾病与荒凉，
迟迟，不肯飞行。

马在啜饮，
如果熄灭的灯台，
是一群哑孩子，说不出
人间的秘密。那么，
天空将慢慢矮下来，
拆掉门槛，让他们
统统跑进佛陀的花园。

杏子熟了

有一些心事，将成为
春天最早的供果。

我和菩萨们挤在
园子里，拾起法会之后
丢失的经册、残叶
与灯台。夜里有雨，
但一些秘密的灰烬，
并未打扰藻井一带的
趺坐和冥思。
不能原谅的花朵，收起了
身上的线条
和色彩，侧立壁上。
像一个倔强的孩子，
开始试探，春季莅临，
以及整个天空滚鞍下马
的姿态。

那些酸楚，那些痉挛的张看，

一般会由青转黄，

走向枝头，比如杏子熟了。

擦肩而过

去寺里点灯，将错过
天空的流沙，
掩埋石窟，封闭经书，
留待下一世的光阴。
沙州城外，
黄昏摇曳，将错过
玄奘一行，甚至忘了
打问莲花的消息。
如果明月初升，依旧
一贫如洗，
那么远在长安城内的
更声，照例错过了
敦煌以远的怅望与归义。
三将军犹如猎鹰，
盘踞城堞，
看见全天下的
虎豹、大象、狐狼和鸣禽，

依次错过了
立地成佛，
以及危险的和平，奈何！

在地平线的尽头，我错过了
菩萨，
和你。

道士塔

那些诵念，那些经文——

当时的木鱼，
不过是一只乞钵，
穿州走府，
祈祷天下。当时的袈裟，
很可能是一盏灯台，
在更深的夜里，皈依
石窟。当时的月光，
像少量的羊群，
一部分被放生，剩下的
走上供台，
做了完美的牺牲。

在更远的天际，那些经文，
那些流沙……业已堆积，
成塔。

秋天从石窟前走过

落叶的匍匐，像今年的
那一场金刚法会，
人去楼空。

法会时，夏天
正好。我跟亲人们
细数沙粒，
计算着今生的疼痛，
以及羊皮上
写下的供养。
悲伤算不算一种
祈祷，没有人告诉我。
至少，我们牙关紧咬，
把眼前的今生，
当作一场广阔的
别离，不肯离弃。

落叶走过，窟子里头的
菩萨、世间和我，
开始点火，御寒。

真经

其实，天空和云朵
乃一部真经。

我从鹰隼的嘴里得知，
天空的最深处，一堆
篝火嘹亮；
佛陀和弟子们，鸠衣
百结，烧烤土豆——
在广寒的下界里，人们
停下手，用一贫如洗的月光
秘密取暖。

我从雨水的书信里看见，
那些弘法的仙鹤，
像寺庙与灯火；
谁打开了石窟，谁就是
早上的供果——

那一日，母亲大病初愈，
我抱她回家，犹如
抱起了白发苍茫的菩萨。

在敦煌借马

问菩萨借马，
一匹天马，牵出壁画。
把沙漠上的鲜花，
全部摘下，送给
远方和穷人，
不算口粮，仅仅是
一份恩养。向石窟借马，
留下佛陀
与弟子，
三日一餐，
看护经书。
其实道路还长，恒河
与印度，不像
传说中的那样。
在敦煌借马，月亮下，
我们穿好靴子，
像一双儿子。

这时，谁的内心饥饿，
引马向西，谁就会
站在天上的麦田，
波浪翻卷。

三危山记

三危山的佛光，有两种颜色：
一个叫昼，另一个是夜。

佛光中，一共有两座庙：
一个叫人间，另一个是苦难。

春天的庙里，坐着两尊神祇：
一个哑巴，另一个聋子。

金面神祇，带着两位弟子：
一个叫佛子，另一个则是道士。

我来到的日子，有两种可能：
一个在农历，另一个是前世。

在前世，我开窟造像。
农历八月，开始顶礼，焚香。

明月前身

在深处的大漠，一眼石窟
一行热情的鹰
一介僧侣，抱着半本经
无法立地
难以成佛。
——明月前身，遗址像一场
干旱的夜宴
曲终人散，充满寂灭。
我是最后一个走的，锁住
灰烬的门
盖好水缸与龛笼
伸手拉灭灯绳，扛起了
东侧壁画上的
般般诸神。

问答

谁把天空打扫得如此干净？谁用
海水晒盐，做出一块
信仰的玻璃？那一棵树上
挂着谁的战靴，像把全天下的失败
收归己有，秘不示人？
剧场空空如也，几个面具
一件红色的斗篷，
不像恋爱，而是谋杀，谁卸下了
主角的身份？
刚才还有人清空了嗓子，但乌云的
台词，闪电的罢工
险些来袭，谁在护城河的对岸
驱散了背信的暴雨？
早上，大象还骑着光芒，拖儿带女
此刻非洲的头顶，
谁发现了闪逝的彗星？谁在跺脚，
肩胛一震，令佛陀醒来，

看见了下界里的秋季?

——每一次仰望时，我都会流下
泪水，用它滚烫的体温，开始抄经。

飞越天山

白色的黑板，大雪沉积
埋伏着去年冬天的
一桩心事，
一座牧场空了，而一顶帐篷
也连根拔起，
罡风和蹄铁，像耻辱的
败军，踢开山峦，
走入信仰的森林。——飞越天山
一些沟壑，一些冰挂
悲喜交集，
仿佛鲁莽的狮群、鹰部落、豹骨与爱情
冲冠一怒，端坐于天庭。

我知道自己心里，有一根粉笔，
要去点灯
取火，续写后记。——飞越天山
这一本亚洲思想的书脊，

如此庄严，多么修远，
而诗歌仅仅是一步悔棋
难以复盘。

另一枝花不在这里

另一枝花不在这里，人世鼎沸
草长莺飞，
它溜出了花园，撇下
整个春天，
束身，正冠，扪心
带着秘密的意志，划清界限
已经不在这里。

另一枝花不在这里，
供养的灯，黉夜而飞
不会于暗夜中熄尽，
有人打开了经书，但更多的人
抟土，烧砖，筑梁
在甘南的雨天，它用一双靴子
跑遍了半个夏季。

另一枝花不在这里，譬如

酥油脱离了水，
爱没有杂质，一个啼哭的女婴
找见了佛陀的奶瓶，
它一定不在这里，即使秋天溃败
半途而废，嗓子里也含着
一股庄严的惊悸。

听于坚讲"神态"这个词

"这时，恰好有一场春雪，罩在了麦积山的草垛上，
石窟暗哑，光明隐遁，我的脚刚搭在门槛上；

"应该是一场祈愿的得分吧，或者不，只是神圣的
一刹。——天水郊外，公鸡们欢实得像来人间做客；

"神在开会，在幽暗的洞中，人们秘密弘法，
我看见主讲的那一位，沉浸于内心，表情凛冽，沐浴；

"佛光！真的，这是一个词的回归，以及短暂的胜利，
好像收复失地，也好像一次火线侦察；我来到，我窥见；

"失声惊叫，而后纳头便拜；其实，最后的解释权
就掌握在他的手里，一颦一笑，像莲花开放；

"——天水郊外，农家乐的饭馆中，那些腰系蓝围裙，
双腮酡红，择菜、炒鸡、擀面条，笑声四溢的大脚农妇们；

"我肯定认得她们，一部分来自唐朝，另一部分
当然是从山上走下来的一群观音娘娘，没准儿！"

例外

在一层铁锈里，黑夜怂恿
星光湍急；
在砖石与柱梁间，蚁穴
奠基，并使窗棂斑驳，
七年前的油漆，
驱散了夏日的仙鹤；
点一根火柴，
把水照亮，看见秋叶翻飞
新羽初生；
在一本过去的辞典内，一枚蜘蛛
用了闪光的唾液，
将字词黏合。

抱歉，我说的是时间——
此刻，墨水中
大雪纷飞，弦索激烈；
而我的车轮，

抱着北方，
亦不能例外。

描述：一阵花香

一阵花香，是一堵高墙
将我拦在半途，
索要度牒，
并敕令我肃穆；
被春天释放的，这一阵澎湃花香，
蔑视自由，
扔出九条绳索，将我五花大绑，
押往春天的道场；
我趔趄，鼻青脸肿，
依次和丁香、槐树、碧桃与海棠
走过焰火的广场，
先是窒息，而后戴上了
天空的氧气罩；
这一阵街角的花香，来历不明，
教堂里没有，
经书上也无，
像一种马不停蹄的忧伤，丢下我

站在空空如也的街上；
只因这一阵花香，菩萨垂泪，
一只忐忑的木鱼
看见一群红领巾，以及
满脸雀斑的孕妇们，
藏起了
腋下的翅膀。

一首诗早已慷慨赴死

你在洗墨，在褪尽
乌鸦的本色；
但你不知，它刚刚飞离了寺院，
将一本经书，
砌在了天空的佛龛。

你在劈柴，
这深刻的冬季，有人咳嗽，
有人澡雪；
马背上停着一炉香火，供养
其实并不需要斧头来帮腔。

你在运笔，点染日光，
油漆黄金，
一个时代的败家子，带着期货和股市，
寻找那一架
高潮迭起的天梯。

你在喷洒香水，为百合，

以及静水；

这夜半的朗诵如此湍急，

一定有秘密的意志，

可在你心中，一首诗早已慷慨赴死。

在武汉

下雨的时候，
黄鹤楼上，有人在点灯
看江水。

鱼没有伞具，
赤身裸体，晾在绳子上的衣服，
始终不干。

夜晚的星星们爬上了桅杆，
弹唱的艺人，在街角
方音难辨。

早起时，一亩鹅黄的油菜花田
被赶进了城里，
有人记得，有人故意忽略。

需要一截藕，

在它的蜂房里，搁下
蜜、眼泪、平原，以及一段晕眩。

引舟如叶，摆渡前，
或许会捡到一首诗，连同墙皮
被雨水漫漶。

道士名叫二伢子，
转身出了客栈，辛亥那年的红玉米，
开始沿街叫卖。

致江城

我对这夜色中的江水若有所思——

从洗马大街上跑过，我寻找
自己的那一副笼辔，
1966 年属马，
我出生时，听见有人
在江边濯缨，
在汉阳泼水；
正午时，左岸的酒肆里
陆续走出了崔颢和李白，
宴饮方散，
表弟和堂哥二人，浑身
挂满了潮湿的诗篇，
我尾随而去，
经过了阴凉四布的铁门关；
傍晚，一株红玉兰引路，
我和一幢高楼

撞个满怀，

拾级而上，一只黄鹤

像青春的辞典，

引颈而逝，

余温尚在；

那一刻，我结拜龟蛇，

兀坐二山，

于泛滥的江边，

将伯牙作琴，命令

子期为弦，

在辽阔的两岸，结筏筑桥，搭起

一条慈航的路线。

哦，这时樱花开了，

仿佛一次烂漫的

诵念——

且将这一丈平原卷起，悄悄

夹进我手中的一本经卷，

六经注我，

如注江汉。

天空的琴键

那些鸥鸟，像一场辽阔的爱情，铺天盖地。

两个灰衣道士，
一位姓蛇
一位名龟
此刻，大动凡心。

我在江上走过的一刹那，
他们喊我
买船。

我装聋作哑。
我分明知道，对岸的码头上
站着我的女菩萨。

什么样的春天，请求我凌波微步？
什么样的羽毛，按下了天空的琴键？

谒钟子期墓

琴在高处。

琴在高处，等于一个人
拨开了群星，
找见世上唯一的月亮；
其实，月亮也是一个人
伫立山巅，
静等那一张琴，吐露内心；
琴在高处，等于秋天在上，
看见大雁南下，
擦亮了江河与灯盏，留下
一本情义的乐谱；
许多年了，人们仰首问天，
怀揣秘密与激动；
琴在高处，等于一颗心
坐在上帝身畔，繁花盛开，
哽咽难言；

他神秘的手语和表情，
像一位老船长，看见了
无限的彼岸。

琴在高处，
银河灿烂。

寄沉湖湿地

趁着天还晴，晾干雨水，
把云朵逐一洗白，
腾出宽大的客厅，静候
南下的鸟群；
趁着秋天尚在，冬天
刚刚离开了西伯利亚的围栏，
引出一段江水，
灌溉芦苇，滋养鱼虾，
把炉火拨旺；
在江汉平原，趁着风雪之前，
颗粒归仓，
架梁筑屋，
预备下一份火热的请柬，迎接
天鹅星座
和自然的挂念。
鸟是一位使君，带着
哲学与随笔。——当天空打开

高山，
才知道流水的情怀。

或者，鸟就是一封书信，
它用忐忑的心跳，
寄往这一片和平之地。

今年冷春

我在北京买冰。

在四月的佟麟阁路，在绿巨人身上，
在街角的地铁工地——
我在北京买冰，买一块
白的冰，
回家送给金鱼。

我在北京买冰，
问遍后海，翻遍了琉璃厂，
走过隆福寺，
身无分文，
口干舌燥，想买一块
解馋的冰。
前天下午，有人背着
斧头，
和一群羊，走进了东来顺。

我在买冰，
或者说，我在央告春天，
给我添一件
羊皮大衣。

纪录片

吃早餐时，我看见
北京开始下雨。

马可·波罗大酒店内
有一场离异人的婚礼，秘密进行。

切糕者，玉石贩子，卖报人
以及旧日的王孙们，呼啸而去。

今天的白粥半稀半干，
像天气预报发生了病变。

我打算，向乌云借一把伞，
向颐和园讨要一件乌龟的外衣。

你懂的，出租车大多拒载，
航空公司又通知飞机晚点。

多么日常

我爱这一块面包，新出炉的
奶油和它的晚霞。

我爱这一把蔬菜，沾着露水
来到早起的人世。

我爱这一只鹰，把晴朗的午后，
架在了头顶。

——是的，带着青铜的敌意，
我知道自己一览无余。

在碑林

黄昏，我恰巧邂逅了皇帝，
告诉他："石头开花！"

石头开花，意思是春雨来临，
就在它神圣的内部——

点种　浇灌　培土　施肥，
用了繁复的间架和笔画。

或者不，它只是醒来，
一厢情愿地舒展了筋骨。

那一番悠长的吐纳，那一阵辗转，
没有税负和边患。

突然，一只老鸹飞远，
带着羽毛和墨香，吓人一跳。

众所周知，皇帝是个鳏夫，
石头开花时，也开始思春。

这片宫外的林子，野鹤闲云，
充满了心事。

我拽上皇帝，推开门
走进石头，看见了一支遗落的毛笔。

当然，还有几位宰相的尸体，
以及李白打碎的酒杯。

刚才

鸽子走过的路上，佛刚刚告辞。

剩下一些脚印
开满莲花，
尤其在十二月的早上，新娘
披上了袈裟。
如果遇见了大红公鸡，回避、礼让，
还请三缄其口，
因为天光初现的那一刻，
有一群原始的鲸鱼路过此地，不免引起
面包紧俏，
物价飞涨。
——是的，鸽子也不愿意说出，
除了这首诗。

星空下

我知道十指连心。

——要不，那些黑洞，在宇宙的傍晚
多么消极。
我从河堤上走过的时候，
一辆自行车，开口向我
借一双翅膀；
在冬季，另有一个梦纵马而来，
带着恳切
与热烈的忧伤。
十指连心，这地球上的黄河，
正在撕裂，
一阕山河的合唱，率先埋下了
伏笔。
在这集体主义的星空下，一些真相
开始狰狞；
唯有一池枯萎的荷塘，敛下了
旷世的私语。

锯木厂

春天来到了锯木厂，

带着它的饥饿与家当，手执乞钵，

充满荒凉。是的，这春天，

一双旧靴子，

一只手套，

一段吟哦，

越墙而入，啸聚于此，

寻找着一枚

去年夏天的锈铁钉。

失败者层峦叠嶂，将整个森林，

砌筑在这一片墓场，

刨花飞扬，

意犹未尽。

春天，一瘸一拐的使者，

无从抽枝

不能发芽。这个绿色的暴君，

口叶鲜血，

发出电锯的嘶吼，举目无亲
一无所得。

春天到来的时候，我亲手
做了一个小板凳，
打算让妈妈在七月里乘凉。

燕山深处

那一头豹子走了，燕山顶上
大雪如席。

但没有人看见那些深刻的脚印——
比如昨夜的宴饮，比如
酒碗和银块，
比如侠客来临，
以及几个恶棍夜遁的消息。
那一头豹子走了，
背影孤绝，
像父亲，却更像
一本遗世独立的经卷，穿州过府
身披大雪。

群山深处，这一幕内心的光荣，
让黑夜成为一块铁，
淬出
颤抖的星空。

界河小学

高处的秘密：燕山顶上
一群圣人之徒携带花园，
静待怒放——

在孩童们中间，在波澜的
晨读与课间操之间；
在沙包和粉笔，清贫
与伫望，
在湍急的夜色和繁复的
星空之下，
春天是第一座铜像，正被
八十年代火速运抵
而来。

那么久了，村小的门还在风中打开。
这时，需要一次击鼓传花，
在热烈的手，

与佛陀一般沉默的群山中，才能

万物生长，

大地鹰飞。

初雪——纪念舅舅张泰

那一日，我身在异乡，无法
像一只悲伤的乌鸦，
洗净黑色
和噩耗。
我哭出了血，与秋天反目
让寒凉的大地
落叶如缕。

今天，我和整个甘肃省
风雪苍茫，
身披缟素。

——这是回忆录的第一章，
雕版印刷，
牛皮装帧，舅父大人
我现在念给你听。

对峙

一句发音溜进了词典，

与页码对峙；

一个惊慌失措的偏旁，点灯进入，

寻找一生的部首，

与思想对峙；这个冬天

落木萧萧，

与零度抗衡，和西伯利亚对峙；

空虚的鸟巢

带着羽毛的热泪，站在树上，

与内心对峙；

一封迟到的信，一挂马车，

如果南辕

能看见灿烂的北辙，

像闪烁的七星，那么就允许

信念和天空对峙；

门响了，一头大象来做客，

可家徒四壁，

仿佛整个非洲与联合国粮农组织对峙；

在徕卡的镜头中，一只秃鹫

耸起肩胛，

与饿孩子对峙；

十二月的傍晚，一份精心的合同，

虚构情节，

鼓吹历史，

与黯淡的支出和消费对峙；

是的，这大器晚成的醒悟，

步履仓皇，

像一碗滚烫的开水，

与冰河对峙。

佛经的早上

早上，我看见莲花吐露，
步步开放。

在佛经般的雪地上，
一个眼神，
一些往事，以及
一切的世和界，
都是隐匿的文字，与诵念。

谁说这滔滔不绝的大雪中，
没有掠过，一只
神秘的白鹤？

那么寂灭，
那么绚烂。
我知道莲花开放，不是牺牲，
而是觉悟。

那个从黑夜里走来的人，将被
浣洗，擦拭，张灯结彩地
秘密供养。

如果点灯

必须彻底，让一枚问号，
滚落天边。

在那些迤逦的白杨上，
云朵在建筑，爱也堆积，
马匹飞翔——
刚刚握别的手，突然
开口歌唱。

如果点灯，我要写下
"边疆"这个词，
代表我转身的背影。
但羊群奔涌，仿佛上帝的妻妾，
喊住我，
请求这个唐突的新郎，
一起生育。

是的，剪羊毛的日子到了。

这一刻，第三世界的草原们，穿起破靴子，
站在了信仰的雨季。

地心引力

那时，上帝也性感；
那时，国王带着他的人马，出城捡拾哲学；
那时，风马牛相及，互称兄弟。

那时，地球深蓝；
那时，一脉电流还未发育成爱情；
那时，银河中流淌着鲸鱼。

那时，狗刚刚被驯化；
那时，一位母亲站在高空；
那时，郊外的烧烤宴上有人还叫尼采。

致江南

那时，杏花带着烟雨，
打马走过了江南——

那时，在西湖取水，
在漫长的雨季，取出油纸伞；
那时的钱塘江波光潋滟，
需要一面晴朗的镜子，
一头讴歌的鲸鱼，
走进大剧院，诉说
早期的散步和爱戴；
那时的两岸，需要人民与和平，
照料浪花，种植香草，
并且让一叶小舟，带去
对地平线的致敬；
那时的钟声，更像一本书，
在早晨布满了呢喃，
傍晚的夕光下，又喊来了

仙鹤与传说；

那时的香火，喜欢徘徊，

在悠长的小巷里，

邂逅前世的蝴蝶，以及

今生的炊烟；

那时的三月，需要

取出一树繁花，

一根寂寞的丝弦，

而当秋天占据了信笺，

需要取出一首宋词，

一块墨，写下婉转的平仄，

寄给远方的冬雪；

那时的天下，需要从一卷丝绸上

取出妖娆之梦，

从一只钟表的内部，

取出蛙声和桨，以此凌波微步，

迎面拥抱江南以远

秘密的月光；

是的，在无限的江南，

那时和今大，其实没有什么不同，

仿佛今夜的笑容，

不曾老去，依旧花好月圆

风生水起。

兰花引

那么，让我以一朵兰花的角色，
抽枝散叶，
拨开春天的雨线，找见
那一丛月光，
并且攀援。如果光阴尚在，
这静谧的人世上，
有的人辗转，
有的人叹息，
就让我以一朵兰花的本色，
素面朝天，
在暗夜里擦亮黑板，
敛声不语。
太多的蝴蝶构不成怒放，
太多的铅华，其实
是一种悄然的试探，
让我以一朵兰花的速度，
打开内心的地图，

看见爱的缱绻，以及
这肃穆与隐忍的鸟群
所能抵达的疆界。
如果孤独是一座广场，
唱诗班的孩子们，
带着吟诵和笑脸，迎面跑来，
那么，就让我以一朵兰花的姿态，
母仪天下，
一再，持续地绽开。

大梅沙眺望

我在海上捡拾日光。
从层峦叠嶂的浪花中，
将逝去的夏天，逐一捧起，
整理，归类。让它们
继续妖娆，照耀冬季的
鱼群和大梅沙的屋宇。

如果可能，我还要从流沙，
从一只海螺的嘴里，听听
七月的喧嚣。那时，椰子树
在跳舞，木棉花沉浸于
斑斓的往昔。唯有大海深沉，
始终在酝酿着丰收的讯息。

偶尔，我邂逅了一只风筝，
仿若烈士，充满奇迹。它和
无边的铅云，站在幕后，

静待海上的人们与帆船，
慢慢归隐。太阳在冷却，
上帝在擦拭大海这一块玻璃。

但是一只鸽子，挣脱了
北风和暴雪，站在了大梅沙
的额顶。我点燃了海水，
让它取暖，融化，热泪
纵横。——这一刻，日光雪崩，
抚摸我俩，仿若一对亲兄弟。

在盐田港出海

去海上牧羊，让天下的
浪花摇身一变，啃食
日光、水草和无尽的传说。

这浩渺的大海，前一秒钟
波光潋滟。紧接着，又像
阿尼玛卿山一带，深沉的草原。

去海上牧羊，带上一点
港口的盐、眺望与思念。因为
孤寂还长，爱在月亮的下方。

不必在岸上，相信一名水手，
如同雪线以上的豹子，孤筏重洋，
总是信任自己的血、勇气与奔跑。

去海上牧羊，春天时，

一定野花遍地。深秋的大海，
必然有一座庇护的庙宇。

那虔诚的鱼群，以及
广大的羔羊，就像上帝的
儿女。这一刻，需要内心珍惜。

去海上牧羊，风吹草低时，
沿着银河，一路来到了
母亲的毡帐。落日如洗。

这苍茫的水面上，炊烟袅袅。
谁记得这时的吹拂，谁就明白
远方的港湾，其实是一支夜曲。

在观音山

菩萨在山上，
说明日光犹在，照着
这世间的所有生灵
和愿望。菩萨在山上，
比云朵低，
却又比天空高，
让一些恳切的仰望，一些
泪水，如此漫长。
菩萨在山上，让一只孔雀，
一头狮子，一座
嘹亮的花园，
四序分明，生儿育女，
接续了供养的谱系。菩萨
在山上，低眉打量，
还亲手扶起了一炷香火，
把冬天点亮，
让深夜的木棉

与飞鸟，找见家的方向。

菩萨在山上，身披

雨水和葡萄，

酝酿内心，让一滴

普天同庆的蜜汁，

布满了这一生的慈航。菩萨

在山上，只字不语，

像我的母亲，

又像姐姐，拥戴了

全世界的美丽。

菩萨在山上，我也在

山上，蘸着

日光和海水，

慢慢写下：唯有一念在，

能呼观世音。

在岭南工厂，种下一棵黄花梨

在引擎和注目礼之间，在轰鸣
与惊诧之间，在厂区和我之间——

种下一棵黄花梨，代表今天。

在车间和花园之间，在品牌
与世界之间，在铁锹和我之间——

种下一棵黄花梨，代表信念。

在冬日和栏杆之间，在春天
与螺丝之间，在发动机和我之间——

种下一棵黄花梨，代表敬意。

在流水线和图纸之间，在速度
与泥土之间，在浇灌和我之间——

种下一棵黄花梨，代表阳光和爱。

致鹏城

上帝的花园。当它敛下了翅膀，
安坐南方，一定是十字星座滴下的
奶与蜜，充满了恳切的耳语。

这静谧的构成，首先是青春。
当一堆年轻的篝火，站在了海湾，
那些咸腥的风，不会无动于衷。

在玻璃大厦的倒影里，在飞鸟
与合唱的臂弯下，一些诗歌，
一些婉转的婚礼，取自内心的设计。

在漂泊的水面上，鱼群在梳理
大海的苍茫，而纷飞的光斑，
犹如秋日的黄金，在铸剑为犁。

那一阵钟声，并不来自教堂。
仕云朵的屋檐下，有人进入

郊外，取出了一本果实的典籍。

于是，在澄澈的高处，谁的
拈花一笑，谁的菩萨低眉，
都像一门新鲜的哲学，流布奇迹。

天空怒放时，我必须申请
一场雨季，一只鸽子，一面
放声讴歌的白帆，馈赠于此。

如果可能，我还要安顿下一位
灿烂女神，驻留在幼儿园里。
还要邀请月亮与天鹅，拥抱一生。

一捆芦苇

一捆秋天的芦苇
菩萨心中的一捆芦苇——
把草胎
结成了神祇
当白色的天鹅飞渡，一卷书被改写，一个人
忘却了宗教的词汇

敦煌的一捆芦苇
站在秋上
薪火相传的路上，走过了僧侣、戍卒和神仙——
烽燧砌筑于内心
我从凛冽的风俗里，取出了方向

这样的日子，把黄羊从岩画上剥离
把蔬菜从井里取出
急迫的光阴，像一桶子肥雪
可是，秋天深了

一捆芦苇

站在修远的路上，一捆空虚的思想

一场哲学的角逐

在秋天，一捧被爱恨榨干的汁液——

早已让黄沙流尽

额济纳旗的鱼

沙漠上的鱼
和蜥蜴、爬蛇、蝴蝶一样鲜亮的鱼
在额济纳旗——
一捧秋日的落叶下隐藏的金鱼

一尾烈日下嘹亮的鱼
担水的姑娘
要碰见一幅海市里的图景

在晴朗的沙粒中
一只碗
带着宿命和哲学——
不知道怎样捧起
也不明白如何放下！

总之是一尾金鱼，寂寞的金鱼
钻进了额济纳旗 ——

像一把活命的盐
丢进了水里

沙漠上的动物园，或者骆驼队、商贾、杂耍艺人
被夜光引领的不是七星——
一尾金鱼
此刻，理所当然地成了首领

粗饮茶

将进酒，粗饮茶。

僵硬的午后，一团乌云
与一个废弃的食品塑料袋有什么区别？
天使在桌上起舞，一树梨花下
粗茶烫手。

往往在内心混沌的一刻
需要一盏酥油灯，爱情徘徊的一刻
需要一记伤害。
一个人的档案里，居然能窝藏下
那么多灰败的名字？
仿若贼寇，静候着揭竿而起的信笺。

那么多的名字，如同残茶一杯？
我已经记不起细节——
假如一个人的骨头里，流失了钙

一只风筝丧失了风

泼也不是

含在嘴里，像咸涩的干玫瑰。

下午阴转多云

且将多余的火，赠予书卷。
将更多的雨，
埋进历史。
在一段灰白的午后，且将
一场追逐的爱情，
消化在胃里。

可是饥饿的胃袋像一座博物馆，支离的你
被我归入了档案。
一次深刻的记忆，如同一个网兜，打捞着身心——
花开了，
阵阵蝴蝶飞掠，好似悄然的革命。
谁在抢夺着文物，和一个人的史记？

哦，且将过剩的笑，
埋在镜子里。
将一枚身体里的跳棋，去进幼儿园的阜坪。

我曾经仔细翻阅了你，在午后。
但那时阴已转晴——
怀着溃败的心情
擦身而去。

山坡上

烫一壶往日的陈酒。
寂寞的山坡上，打开一卷吹嘘的丝绸。
我所爱戴的女人——
用一生的时光在刺绣。

有时候，我在一捆绢帛里疼痛。
比如岁月，埋进了钟表。
在春去秋来的道路上，鹰在老去——
我望见一捧骨殖站在天空。

山坡上，一群孩子抬来了第八个铜像。
我知道一部黑白的影片，提及了
灰烬的暖意。谁知道呢，兰州的屋顶上，
雪，比往年史深了——

一把图钉

它们在鞋子里，像一堆幼鼠。
在墙上，像一群蝴蝶的标本。
如果风吹，或者展开了翅膀——
它们落在天上，构成了夜晚的星象。

它们在水里，像偶尔的疼痛。
在春天，像煮熟的种子。
如果一只钟表里埋进了尖叫，那一定
是灵魂的悬崖在游走。

它们攥在手里，像合唱队员的朗诵。
在书卷，像一排中世纪的火枪手。
一场倦怠的梦需要一枚图钉，假如——
内心的起义，只为沉默的大多数。

烟灰掉了

假如一块石碑能苏醒，
一支烟卷，也将走到理想的尽头——
我把春天的枝叶裹挟其中，
将伤心、复仇和爱情的往事埋进肺腔。

但是烟灰掉了。

没有比它更绝望的燃烧——
一部分生命，一辆欲望的街车，
它渐渐地行进，
一直抵达了我的指尖和颤抖。

但是，烟灰掉了。

像老鹰栽进了崎岖的天空，像委顿的风
扶起了灵魂的秋千架——
一个人在暗夜里，需要多少怀想，

才能梦及一块火柴皮上的磷光?

但是呢,烟灰掉了。

下午五点

伊朗的下午——
大理石发烫的下午，一盏红铜茶炊里，
歌谣与传奇沉淀的下午。
早上的唱读刚刚结束，一个小学的班级
走出了斑驳的校门。

伊朗的下午——
一杯酸奶在发酵，而庭院内的
梨花羞涩而走。
背着一块黑板，沿着领土，
我叫卖着文字，仿若一位古代的信徒。

伊朗的下午——
一个古老的国家睡眼惺忪，
听听，黄金装饰的匕首上，环佩叮当。
我种下了芝麻，或者
一堆植入的字母，像金鱼卷入了海洋。

伊朗的下午——
一个神秘的女郎，把生活
递进了胶片的窗口。
我买下一张盗版的碟片，我走进了
无辜黑暗的电影院。

重复

在沸腾的马厩，
需要指认一位藏匿的上帝——
当冬雪滑下教堂的尖顶，晦暗的
内心需要一把诚实的扫帚。
我还记得那个晴朗的早晨，
一本春日的书卷
在缓慢苏醒。

生活也不过如此。
一辆突破夜色的货车
停留于寂寞的轨迹——
在信仰的屋顶，挂着
一些被篡改的冰，
事实上，在钟表的内部
也有一把凌乱的字母
试图突围。

云朵在转移，而夏天的煤炭
要卸下一吨的热情——
人生，在辽阔的水面上
一定要放下自己
灵魂的舟楫。
那是一个恍惚的傍晚，一枚
蝴蝶把内心钉在了
标本的手里。

在周而复始的书写中，
一块凸显的礁石——
说明一道漫长的阴影
并不值得回味。

内心的噪音

那是一把紊乱的心跳，丢失
在萧索的冬季；那是一件
宗教的法器，熄灭在信仰的郊外；
那是一切噪音，带着时代的病菌。

在动物园的牢笼，那是反抗
和失败的起义；在一辆
半途而废的列车上，那是煤炭的灰烬；
在天空，那是一只标本的巨鹰。

尤其在最近，一位女孩
梦及她短暂的生平；比如爱情——
像沸腾的锅炉，消失了青春的体温；
那个遥远的夏天，她在人民医院里的厄运。

有一个寂寞的花匠，按下心头的葫芦；
空荡荡的图书馆，一伙亡灵在聚集；

如果信念的彗星陨灭，一个叫诸葛孔明
的家伙一定要为刚才的谎言自惭。

那是一种玻璃似的微笑；那是水银下
一根飘摇的羽毛；那是一个被
作废的号码，它通向一座废弃的垃圾场；
那是一对反目的朋友，带着隐私与恶意。

一根潮湿的火柴，看见了夜晚；
在古旧的寺庙，几只暗淡的蝙蝠
保守着灵魂的谦恭；当肉体的门打开——
一出滑稽的戏剧将出现转折。

让笔画归于汉字；让起伏的朗诵
归于一副黄金的喉咙；
让一盘中断的象棋，出现一匹
苏醒的马；让一首晴朗的诗，找到结尾。

未来

未来。

恰如未来，在钟表的辞典里，

有人在泄露着未来——

秋天已经在枝头上转移，

而笃信的暗号正在辗转地飞行。

我深陷于大陆的深处，在敦煌的

洞窟里聆听着

太阳的心跳。未来——

是的，像大地收敛了内心，

闪电回到了云朵，

未来，在一只西北偏西的经筒里，

我听见了祈祷的字母：未来！

寒流袭扰的街道上，自行车和银行

纷纷倒闭，而一个粉红色的女孩

在风中大喊："未来！"

是的，未来——

　部受伤的书等待修改，

一盏晦暗的油灯，需要
被诚实的黑暗紧拥在怀。
在汹涌的太平洋上出现了波澜，一尾
歌剧院里的金鱼亮相于舞台。
今夜无人入睡，是的
一只奔跑的沙漏改变了现在？
这样无辜的青春，谁在
瓦解着爱情和羞涩的表白？而未来
是否能双膝如木地等待？
是的，一个未来——
其实只有一卷不可中断的脚本
一位崩殂的主人公，将卸下内心的
茫然。有时候我在烟尘里看见了寺庙的尖顶，
而晦暗的巨钟保持着
蔑视的姿态。
是的，未来！
在引颈眺望的丝绸之路上，
一尊马上的神祇，将暴露出
信仰的慌乱——
而冬季的田野不可细究，一次
美好的伤害趋向短暂。
是的，必须指认出
未来，以及它美好的痉挛！

在隐约的天桥下，

一本过期的杂志

在讴歌亡灵和季节。

一只腐烂的苹果夸张地

丧失了营养和光泽——

但是未来，出了一只船街道，

迎面而来的方向中

谁是未来？

技术主义的黄昏

一枚硬币的月亮，
细菌的启明星。
看哪，在生活的废料场——
自行车在告密！
当股票上涨，需要把爱情存进银行。
一条微弱的街道
涌来了尊严的塑料——
技术主义的黄昏，携带了
肝炎的病毒。
如果生活是一壁断崖，谁还
需要电影院里的挣扎？
亡灵在街上游走，一张福利彩票
会找出那个灵魂锈蚀的幸运儿。
是的，某张凌乱的脸
在控诉着婚姻——
而在春天的火车站，一列驶往太平洋的
火车牢记着金鱼的名单。

一枚硬币的月亮，

哦，不！仅仅是一支枯竭的钢笔

书写下决心与颓丧。

微风荡漾的纸上，一批

动物园里的野兽将心灵破产——

一位时髦的女子自称孟姜，

她的长城在缓慢砌筑，而一束

高耸的发髻，

仿若火葬场里的烟云。

19 点 3 刻，内心毁坏的香客

来到了街道办事处，

他说："我的理想已经被篡改，可是

生命的花园依然如故。"

是的，一个技术主义的黄昏——

警察把图章盖在了天空。

一座古老的铁桥打开了霓虹。

下水井里窝藏着一位年迈的乞丐。

手术室里发生了一次微小的事故。

如果此刻，你已经看见了

一件风中的衣服——

那是我，刚刚离开了宽阔的剧场，

把脸埋进了泪水之中。

对联

来吃茶：且在砚田中浇灌，放下明月前身，
一盏莲花，焚香，祷念，回望；如果窗外
有雪，请用毫尖蘸起一滴淡墨，回赠
仙鹤与书卷；旧日子不再，那些缱绻的
笔画，洗落了铅华，却在水中惺惺作态。

去晒经：久坐衲衣寒，包括印经堂里
霉变的雕版，以及郊外的一株鲜血梅花；
消息说，敦煌有变，流沙泄露了千年的
木简；这时，需要上山，让一袭袍衣沾染，
谁在举首问天，谁就坐在了佛陀之身边。

来，来吃茶；
去，去晒经。

落笔

唯有这一滴泪，才能廓清纸上的铅云，以及时代的鸦群；
唯有这一片雪花，才能将敦煌供养和恩遇；
唯有墨，才能让光辉败北，抄毕全世界的《心经》。

化缘

我向这些墨迹化缘，去郊外和寺里
取水，在炊烟的根部
剥下金箔和油，将它们依次
研入黑夜。

不错，我蘸着往世的谣曲，
在一些颓败的皱褶里，打开筋骨，
洒扫庭除和夜露；
窗子是锈蚀的，一枚时代的钉子
与另一枚
总是性格不同。

有时候，会额外地邂逅
一只鸟——它峨冠博带
或者跣足而舞，让我指认身后
一本辞典的囚笼。

我在化缘，在墨汁
滴落的一刹，一切已覆水难收。

那些秘密的温度，总有
难以启齿的理由。我在化缘，
在一张白雪的纸上，尽力析出
心跳，以及刚刚
走失的黄昏。

苏武

在汉字的拐弯处，我碰见了
那人——他在海上看羊，
历经十九年，
而今依然大雪纷纷。

我用一点墨，洗净
呼喊与沉冤；再用一杯水酒，
擦亮银子
和旌节，
如果一本辞典的内部潮湿，
我还考虑，要不要
升起一盏羊油的灯，陪你
秘密地诵念？

更大的可能，我会礼让一侧，
作别那人；
因为大地如帖，更多的笔画，
需要春天来书写。

火狐

一只火狐，拖曳着狂草的烈焰
与尾毫，
躲过秋天，在苍茫的宣纸上
点金成墨。

这是《诗经》的早上，我开门
洒扫，吹鸣，安顿下
早期的禽兽和歌谣；
那时候，思想是发光的，
哲学也朴素，
一块墨锭的内心，往往
像一名使徒。

然而郊外起火，一只火狐开始报警。
我援管，蘸下大气和江河，
调整气息，

让自己引舟

如叶

去做一次秘密的救赎。

抄经

带着毛笔和秋天，他们进入了敦煌——

抄经是一种秘密的闭关。
抄经时，纸是新鲜的，墨也带着寒露。
抄经的日子里，菩萨和一家老小
需要禁食，打卦问天。
抄经：一块绢帛，一片木简，或者一张兽皮，
沾染香气，
在洞窟中看见佛陀的裙衣。
抄经：舌尖微甜，双颊烁闪，
譬如一个人，
摆脱了厄运，登高望远。

那几天，没有一只鹰掠过敦煌，
没有生殖
与嫁娶。落笔的一刹，油灯哗剥，
高叫："供养！"

山水

我知道那张纸疼的地方。

疼的时候，墨尚未干，
花与鸣禽
刚刚抵达山巅；
一位僧人和棋子，决定此生
海枯石烂；仰面时，
秋天带着国家军队，
凯旋还朝，而一张纸开始的
表情，并不是赞美，
或者相反。

其实，落笔乃一种庄严，在秘密的
酝酿中，一些哀歌，
以及褴褛的步履，
才能将内心的一页纸
道破。

它漫漶、踉跄、晕染，在疼痛中，
让这个时代的全部神经
纤毫毕现——残山剩水，以及
亲爱的枯墨。

马不停蹄的悲伤

停下的那一支笔，与民国
没有两样。——当更多的书写等于废话，
一些似是而非的笔墨，
难以抵达。

停下的那一支笔，栖于枝头，充满疑难。

纸面之下，埋着汉唐
和明清；午课过后，
一位先人踱出了私塾，
在井边浣洗；求取功名的季节，
一些人入京，
另一些人自弃，而一支矛盾的笔，
决定归隐。
要是有一场大雪，或者不，
在正午的日光下，
它将形销骨立。

缄默时，一团内心的墨，
带来乌鸦的翅影。一旦开口——
败笔和悲伤
也会马不停蹄。

感觉

我写下的每一个字，都像脱尽黑夜的
白羊。——熄灯后，昨晚的那一场大雪，
还在继续漫唱。

我结字、勾画、描述，并委身于
这天早上。——辞典打开时，我听见
远古和民众如羊群涌出了毡房。

问道东坡

甚至，泪水也是一种供养。

黄州城外，贬谪之人，
恰在扪心问罪。赤壁不远，
那野花沸腾的江水，
没有渔谣，也没有爱戴。
太久了，笔墨枯干，
而峨眉的雪水与一沓白宣
无法晕染。——门开时，一位少年
面色润朗，说是米芾。

夫子抬眼，明白，
冤家路窄。

东坡：那一片贫瘠的菜地，
蜂飞蝶乱。炼丹的时代，
长生不老的时代，这法外之地，

宜于酝酿一颗泪，一种
苦涩的庄严。

元丰三年，它滴落
砚田，落笔生根，行居士礼。

点灯，笔谈，
闻墨，听茶，
在一滴光明的泪上，他闯过了
这大旱之年，
自号东坡先生，开始行云流水
遗世独立。

纸上风暴

但是墨，可以涤清乌云，扫荡
地平线上的雷雨；
当紊乱的情绪，叨扰了
傍晚书写的鸦群，或者大海不息，
一头鲸鱼难以为继，
只有一块墨，带着烧焦的神经，
冰河怒醒，
挽回了全天下宣纸的洁净。

所以，在纸张的背面，春天
可以咳嗽，秋天须饮醉；
一位无名的释子蹀上了山巅，
开窟，抄经，
焚香，祷念，
将大好河山归于一念。但是墨
闯进了歌剧院，用它凛冽的黑暗
擦亮了剧终的灯盏。

谁说

谁说瀑布上没有印刷经文？

谁说朱砂，仅仅是一支笔撞向的终线？

谁说镇纸劈自天堂，一根悖逆的骨骼？

谁说天空不是一架三角钢琴？

谁说泼墨，始于雨中的一场呐喊？

谁说爱情乃历史的一条漏网之鱼？

发现

秋日的旷野上，神老了。

神已经
老了，在一截木头上，
一座石窟里，
一粒沙，一块发旧
的门板上。
神的确老了，开始
隐姓埋名，在肃杀的风中，
捡拾了落叶、飞鸟、泪滴
和香火，仿佛一位
破产的思想家，
充满了怀疑。神真的老了，
吹灭了灯笼，
渐渐退出了崎岖的天空，
一本供奉的经书，
反身而走，去和全部的

命运接头。神彻底老了，
与这个广大的秋天，
一起渡河，
寂灭的背影上，有一些
唏嘘，一些难以置信的
仓皇与诉说。

神老了，但世上的《神曲》
尚未写毕。

甘南回眸

她在天空下，
洗着一件旧衣裳，一张
发锈的羊皮，
一件袍衣。草原深处，
她用整整一条河流，
一座雪山，
以及钢卡哈拉大冰川，
埋下头去，洗着一件
过去的衣裳。
甘南以北，碌曲的东侧，
她用一轮完整的太阳，
一只燃烧的鹰，
一堵漫长的寺墙，
晾晒下这一件黝黑的
衣裳。她抚平了褶皱，
在空气中抖动，
甩干，再二扑打，

让策马而来的秋风，
伸开臂膀，穿起了
这一件破衣裳，
像儿子，也像少年的我。

她是母亲，抑或是妻子，
知道我全部的底细。

丰收

我扶住了河流，请求
世上的僧侣、羊群和孩子，依次
打马而过，找见菩提和哭泣。

我修好了天空，看见
三个秋天攀援而下，并说出
它们的名字：青稞、大麦和葵花。

我支起了毡帐，邀请
酥油和炉火，坐在白度母
和阿妈的旁边，开始把脉问诊。

然后，我只身进入草原，
拾起那一双旧靴子，爱情是昨晚上
走失的，甚至来不及一声告别。

上午的摇曳

那些话，总是没有彼岸。
那些黯淡的书写，像一炉
深刻的废品。
那些夜饮，以及怀想，
等于一枚失手打碎
的月亮。

如果允许，请让我在早上，
打开锁和秋天的仓库，
找见那一群，热烈的
乌鸦——
并下载一条河流，一匹马，
一些锈蚀的字母，作为
这个时代，饥饿的证据。

因为

来一点慢，
下山的途中，来一片荫翳，
阻止山后广泛的爱
与大气，这样的秋天，
天空易于皲裂。

因为，我在地上晒盐。

来一点慢，
让日光渐渐析出，那些
茂密的回忆，
需要一棵傍晚的树，纵身
而去，将上帝赶入山林。
因为，我在月下诵经。

看中医

没错！这是我一个人的风水。
我的河流，以及晴朗的
鲸鱼。这是我煨起的熰火，
带着天空和一生，
让暗夜成为书卷，肃穆，
并且宁静。我的丘陵，我的沟壑，
我无以复加的泪水，
让春天绽放，让十二月的新娘
大雪纷飞。我守住自己，
在我肉体的国土上，与天空
和爱，始终相依为命。
我的胃，我的牙齿，我的痉挛
与一切辗转难眠的诵念，
砌筑下这一座白色的教堂，站立
北方，供养着
我内心的人民。

只是，你永远也摸不见

那一种痛，那一份无边的缱绻。

发生时

秋天发生时，必须向鹰道歉，
太多的成熟，让人放弃了仰望。

羊群发生时，需要返回
寺院，因为一些油灯，接近干涸。

月亮发生时，一定要布置下
纸与笔，以及肃穆之外的一点微醺。

爱发生时，如果诗歌不足以代替，
就找见那一扇门，让桃花凋零。

天空发生时，盛大的云朵，其实是
一场生命的仪礼，梳理着羽翼。

老唱片

点灯，找见来路。

我明白，这些秘密的沟回，
只在那里闪光，曾经的少年
和奔跑，留下的一堆
灰烬，还在旷野上吟咏。
最好是秋天，也最好开始了
一段嘹亮的书写，
那么，我知道这些
婉转的纹理，敛住自己
拾取了冲突的内心。
乌鸦是圣洁的，当它携具了
铺天盖地的音律，踅出了
歌剧院的后门，
必须有一次理想的道白，以此
化解丝绸的难题。

……而后，将灯尘封。

写在黄河水面上的三行诗

我放生了那些无辜的，偏旁与部首。
我曾经爱过，像一头鲸鱼询问着源头。
因为内心如墨，我终究无法洗清这一生。

文具店的黄昏

让黄昏的布匹，把它们卷走——

因为天使站在
笔尖上，对着晴朗的
黑板，陈述着
天堂的颜料。因为
一把角尺，闯进了
今天的纸张和墨水，
带着辞典的隐忍与孟浪，
丈量着秋天，以及
一个稚童可能跑远的年龄。
因为，一盏橘灯，
刚刚梦及了图钉，加上
哨子和跳绳的
追逐，那一块完成的拼图上
不免出现了史前的嘶鸣。
当金刚和怪兽，芭比

和公主，一起邂逅在了
天花板上，一定有
一只沮丧的风筝，摘下
蜈蚣的面具，道出
书包里全部的秘密。嘘！
在这个巨大的黄昏，
就让一卷夕光下的布匹，
统统卷走它们，悄然带入
黎明前的课堂。

问墨

墨在水中，不免会惊醒
那些游移的金属。它们以
鱼的形式，吐纳，散步，眺望，
并在午夜时，招供出月亮
与经书。——这一刹，我们走进了
后院，天下的花草，由此
见证了秘密的结社，吟哦，
伤情，以及微小的愤怒。

墨在纸上，犹如一个邮差
涉河入林，于郊外的旷野上
邂逅了上帝。谁不曾在秋天有过
些许的晕眩，那么一些笔触中，
将充满锈迹。——落笔时，
我拨开枝蔓，骑在唐朝的墙头
望见了东坡与米芾。这是
遗精的良夜，亦是夜宴的开篇。

档案研究

假如，我要碰见我；
我的另一个我；我的一半；
我的前半生；我以前的
仓皇与跌仆；我落潮时的喜悦
和悔悟；我的寂寥以及
一次次的出走；我成长的暗疾；
我的咳嗽；我的抒情
加上在兰州的大呼小叫；
我拒绝了的春风；我在秋夜里
一遍遍怀想的银锭；我
跑破了的鞋子；我的校门
和那一辆少年的单车；我的
长发飘飘；我的街道
和向日葵；我搁下的牛肉面的
粗碗；我的操场上的黄昏，
或者那个长脖子的女孩；
拐过街角，我的大眼睛母亲，

我的穷亲戚们和乡下的
老玉米；我的父亲，带着
整个六十年代的悲戚。——假如，
我仄身于这一角屋檐，
一册晦暗的文书，天哪！

我能否找见那个人，并且
隐姓埋名，穿州走府，
前去与另一个自己和解？

深秋季

从堤上走过时，碰见鸽子
像布道的圣人。
这一刻，湖水稠密，
鱼群讴歌，我们从天空的佛龛上
搬下来云朵、雨滴和秋季，
准备下过冬的柴火。

从牧场下来时，江布拉克一带
豹子与鹰洒泪而别。
这一刻，单于和国王，
搁下了酒杯，总有一份牛皮地图
充满了机密，赶在第一场大雪前，
去安顿下思想、孤儿和天山。

拔钉子

……抽心一烂。

恰好可以听见，沉郁的
木头，倒吸了
一口凉气。
可以看见那些锈蚀，被扫出了
月亮的庭院。
如果天下仅剩一滴残墨，
纵使眼泪，也会
晒干。

那一刻的疼。
那一刻的深渊，不见五指。

转山

转过山时，看见阿妈
站在毡帐下，
白发苍苍，
像一幅古旧的唐卡，一眼
干涸的泉，始终
不曾离开半步。
坡下的草原上，鹰在飞，
八月的神祇们
宴饮不止。
其实，只有我和
羔羊知道，
病愈不久的母亲，
站在风中，正在
寻找自己，丢失了的表情。

暮色已降

喊住那只蝙蝠，如果
它是一位邮差，需要把身上的
火柴，冲动，想法
和坏情绪，统统交出；
但蝙蝠是一名演员，它有
自己的台词，以及履历，
没有人能够对这一件
黑夜的外衣，
说三道四；然而在宽恕之外，
蝙蝠还是一个修理工，诚恳，
忠实，一丝不苟，
带着这世上的全部零件，
去寻找内心的漏洞；这样的话，
其实蝙蝠另有一重身份，
它是一块板擦，一滴
上帝的涂改液，将这个
秋天擦洗一新，送进了

迎面袭来的第一场冬雪。

因为，暮色已降……暮色
遮天蔽日，敛下了翅膀。

月球上的散步

我写下银子，以及
细碎的光，
然后将一本经书，慢慢合上。
我写下初冬的湖水，
那些闪烁的鱼鳞，
像过去的伤疤，也像
失败的借口。
我写下秋叶的反面，
让纤细的经脉，压住
爱情的尘埃，
不至于在这一生中，
彼此走散。我还要写下
李白，甚至唐朝年间的
一场酒局，一次
面红耳赤的争辩，关于
月亮，也关于三人成影，
在月下举杯。

现在，写完了这些，我知道
秋天到了，一切还为时不晚。

涂鸦

让那些果子挂着，
不去采摘，看它们慢慢
变红，像一群
急欲开口的哑巴，
埋下身去，准备给秋天
一次偷袭。或者，
让它们纷纷坠下，
滚落一地，像唱诗班的
孩子们，五音不全，
双肩上披满了落叶。
是的，我答应你的
那一只苹果，正在画布上
悄悄腐烂，
如同彼此不肯放弃
的爱情。

兰州上空的螺旋桨

从教堂出来，鲜花刚好，黄河不惊。

但是，谁的
一块响铁，站在空中？
谁用了机械的怒吼，
物理的咆哮，在驱遣
两岸的蝴蝶与鸥鸟？
谁在胡涂乱抹，像
宿醉的修理工，
丢下螺栓、扳手和一览无余
的沮丧，去印证
这一角天空？

这时，骰子一投——

谁又用了疯狂的桨叶，
代替了红色的十字架，以及上帝
揪心的脸庞？

雨中

现在，让我们掘一口井，
向下，朝着
土地的内部，
地球的另一侧，
掘一口深井，取光
世上的水、阴郁、泪滴
和全部的潮湿。
然后，取出一块燧石，
慢慢打火，
点燃我们衰老时的骨头，
晒干眼前的秋季。
……这一场爱情，
如此迅疾，又像前世的
覆水，难以收回。

在桑楚寺

佛爷的请柬：一朵祥云
即将驾临，
如果在秋天感觉空虚，
不妨前来一叙。

乙未年，农历九月，
草原深处枯草
连天，宰牲的季节到了，
寺院如洗，
酥油灯热烈。我碰见了
一支羚羊分队，
一挂马车，以及
转场的羊群。没有人
知道，黄河开始冰封，
那些嘹亮的鱼群，像老鹰
一样，开始了歇息。

一连数日，阴雨

不断，访佛爷未遇。

寺僧告知，有一匹雪豹

出了大麻烦，困在阿尼玛卿山

以南，佛爷携一朵祥云，

前去接引。

无限

无限的是：在秋天的一角，
一只鹰打开了孔道，
让南下的雁群，
穿上冰鞋，滑下了
崎岖的云层。

无限的是：如果在此时
点灯，照见了芦苇、石窟
和天下的沙粒，
那么一位菩萨将洗心革面，
起身，为莲花浇水。

无限的是：当一枚图章缓缓
钤下，在辽阔的宣纸上，
风暴归隐，月光如银，
一些历经了苦难的羔羊，
用毫尖，写下了清晰的爱情。

在楼兰

一些美好的事物，犹如
这雨后的沙粒，
纷纷流失。——即便生命，
像仙人掌丛中的
花朵，也难以一试究竟。

事实上，雨是一种幻觉。

在楼兰一带，当斯文·赫定
系好了鞋带，
当斯坦因掐灭烟斗，扔掉了
干涸的水壶，

这时，木乃伊才开始陈述。
唯有鹰群警觉，不发一语。

河流

河流，骑在马上，
像秋天一样明净。

秋天里，总有一些消息
滚滚而来，比如老鹰。

老鹰是真正的船夫，
峨冠博带，站在源头。

其实，源头上的天空
与巨石，来自同一本经书。

河流的经书，施洗的
经书，正在修改内心的措辞。

秋天是明眼人，揉不得
一粒沙子，包括神圣的错误。

也许，恰是在这个季节，
两岸的菩萨和羊群，已经病愈。

没有人知道，那些翻卷的
书页里，一盏马灯，以及

一些嘹亮的金鱼，肃立教堂，
看见秋天破门而入，泪下如雨。

关山牧场

带着剪刀和铁镰，
深入草原，我们净手，
焚香，祷告，
按照秋天的模样，开始
修理每一只羔羊。
冬雪已近，唯有肃穆
和隐忍，像一件件合身的
白色袍衣，像修士，
带来罡风和上天的试探。
我们定下了暗号，包括
苍凉的手势，即便
在这个人世间一次次走失，
也能彼此找见，不辜负
曾经的诺言。秋草黄了，
关山顶上，明月像一只鸽子，
敛下了翅膀。
我们打草，捆扎，归仓，

储备下这一生的饲料
与眼泪。如果没有例外，
我们将一起发抖，打战，
寒彻入骨，仿佛彼此
第一次遭遇时，那样
似曾相识，一见如故。

泥泞

把一坛酒，埋在
天空深处，让整个
秋天去发酵。如果
一个人蘸墨，
能在云朵的背面写下
"吹拂"，那一定是
泥泞的恩情，
醉倒在了门槛上。

那一刻，没有波澜，
在边疆的高地上，
甚至也没有秘密的烟霞。
我和天山，以及
虎豹、鹰隼、羊群
与浆果，围着燔火，
构成了最初的氏族，
并称兄道弟，痛饮此生。

秘密的

秘密的写作，多么好。

像一个人抛下秋天，
远离大气，对天空和鹰隼
关闭了窗口。
这秘密的散步、酝酿与回眸，
等于一生的发酵
恰到了火候。关于忏悔，
关于爱和败北，
一切命运的陈词，而今
却漏洞百出，只剩下
秘密的念想，犹有余温。
在河流的身旁，在一座
静谧的山谷，小人
宴饮，英雄磨刀，
一个落英的时代，必定
有一次决然的出走。

哦，这秘密的灰烬，
簇拥着自己，
扪心，冥想，聆听，
而后让内心大雨如注，让秋天
成为荒凉的证据。
这秘密的写作，多么好，
像一个匠人站在
钟表的内部，被时间
缓慢地修复。

鸟鸣

的确，我不认识它，
辨识不出
它的羽毛、来历与归属。
更不知，哪一个黑夜，
将它完整地送到了我的窗外。
在秋天的早上，它的叫声
像君子，或绅士，
却有一种难言的伤情，让它
偶尔败坏，
继而怆然。

我不认识它，这一点，
仅次于我对自己也模糊不清。

草原鼓声

分明是一头牛，拨开了
众人和帐篷，
当仁不让，
抢先而走，做了牺牲。

那一刹，分明是
一个君子或壮士，
唱起然诺，
迎着刀子，扑向鼓面。

分明是那一刹那，
秋天带着
一块燃烧的红铜，
献上祭祀，说出了内心。

那么巧

那么巧，让我在冬天，
碰见了一只
掉队的
大雁。那么巧，
彼此握手，点烟，
互报姓名。

真的，我没有告诉它
关于纪律、法度与败北。不是
因为别的，你其实知道。

那么巧，在最荒凉的时候，
我把手伸进天空，
开始取暖，也终于在黑暗中
大雪纷飞。

神话

我杜撰出一个词，让它
明月高照，
满身金甲；
在热烈的高原，出塞，
打尖，求法，涅槃；
从此落地生根，
坐在苍凉的地平线上，
顾盼自雄。

我还要杜撰出一介僧侣，
鹤首鸠面，
形单影只；
在秘密的石窟，燃灯，
焚香，抄经，打坐；
如果这个人是我的
前世或者来生，
于是，天空中飘满了因果。

辩词

在里头，并不会比在外头
那样，碰见更少的花，
更少的流沙
与闪烁的星群；在里头，
一些钟声
包围了寺院，并不会比在外头
那样，少一分祈愿，
少一点灯火
以及抽心一烂的抄写；
外头也许更近，而里头的
悲戚与隐忍，
也才刚刚张开了翅膀，
挂在了秋天的
穹顶。
在一张宣纸里头，在一册
经书，与一场秘密的
诵念当中——

神在打井，并且汲取。

写信

我想给上帝写一封信，
一封冗长的信。
我想说：亲爱的上帝，
秋深了，一定要记得
天凉加衣，
并有所回忆。

但是，我没有墨水，
也没有笔，
只有一片深沉的旷野，以及
内心的水域。

……抱歉，对不起，
我不知如何开口，才能
接着说起！

玻璃

我试着在日光下，打碎
一块玻璃，然后
捡起煤核、土豆与爱情。

这矛盾的三体：在傍晚，
不能仰望上帝；如果公鸡在叫，
希望不是早晨；街头拐角，
有人在焚烧昨天的报纸。

我试着拼贴。如果秘密
的火，一旦被吹熄，
我还能拾取
多少内心的，荆棘。

出行

这一趟列车，驶往寺院。

这一趟列车上，没有
僧侣和佛陀。
有人在拍手，
空洞的回声，像豹子
在窗外的山上
伺伏。

如果秋天能喊停它，
在幽深的山谷，这多半说明，
有一件意外的
行李，尚未抵达
藏身之地。
下车时，你将看见
菩萨微笑，
正在逐一检票。

复述

我在田野上数大米。

我身披蓑衣，帮着仙鹤，
数过去的秋天，
与流水。如果
天空慷慨，
那些不久前的疼痛
和失败，将被逐一
复述出来。
我在异乡，数着
散失的大米。我知道，
有一卷经书，
和月亮一样
干净。

吃茶

茶是云南的：这秘密的
发酵，像月亮
在秦朝与大唐，
脱下的缁衣，
百衲鸠结，
寒露深重。
茶是当年的：泉水
点灯，照见
这一生的奔波
与败北；唯有
在黄昏的啜饮中，
才能苏醒。

吃茶，而后
去月光下晒经。

大寒日

这诡谲的历法，一定
有一种秘密的庄重。
大雪纷飞时，
我窥见经书的内部，
一片灯火，
蔚然成诵。

这一刻，如果
仙鹤比雪还白；
如果梅花也不说出
疼痛，那么往后的日子，
天空的最深处，
一定会有
源头和鸟，悄然
破土。

今大，我热烈地站着，我和
北风浑然一体。

山岗上

悸动的是那些石头——

当我们把夕光卷起，进入
黑夜，并且在篝火的内部，
躲开了风雪；所幸
一些黄羊，一些
麂子与松鸡，挣脱了羁绊，
可以跑进黎明，
看见早上的露珠。
所幸，这些黝黑的石头，
并不曾埋锅造饭，而是
钳口不语，
在星空的庇护下，
慢慢地，让一生变凉。

笔墨生涯

用一滴墨，唤醒
这纸张背后的牛栏、鸣禽
和松林；时辰将近，
再请公主浣纱，
乐师奏笛；如果在帝国的黄昏
有一点哲学，一些
形而上学的晚风，
踱进了影壁，不免将引起
一阵烂若桃花
的猜忌。

或者，用一滴墨止痛，
并且廓清了山坡上
那些似是而非的笔迹；因为
深远的天上，驻留了
一尊佛龛，
有待持续的隐忍和悲戚，
继续供养。

无限的

当金山上的月亮，其实
是一只孕羊，当野花和牧人
纷纷撤离，她还活在天上。

当金山口的月亮，也许
是一只仙鹤，往南是印度，
返身时碰见了敦煌。

当金山下的月亮，可能
是一场暴雪，阿妈的眼泪
掉在碗里，说明菩萨来了。

……无限的高地上，秋日的
月光，像酥油一般滚烫。

立春

春天是一块泥，如果
安放在天上，
就会有菩萨破土，长出
青草和风，
并说出神圣的秘密。春天
其实是一座鹰巢，
看护着新生的羽毛，
擦亮眼睛，
在人世间勾勒出未来的
坛城。春天有一双
新鞋子，刚开始夹脚，
以后却健步如飞，
让一根摇曳的芦苇，
充满了敬意。
春天的铁器上，有一层
寒霜，一些露珠，
我穿针引线，

将它们做成了这一年
自己的供养。

春天时，我们不打问
天上发生的事情，
而是埋下头来，赶紧！

春天的轮回

去河边打水，背进寺院，
将这一年的佛像，
拭去灰尘，
悉心沐浴；如果不小心
被度母看见，
就说这晴朗的春天里，
还需要结识一个兄弟。

日光沸腾的午后，
坡顶上晾晒的经书，馨香
扑鼻；我和一只
仙鹤论道，把酒言欢，
看见天空下沉，
雨云饱满，犹如病中的母亲，
将一扫忧戚。

避开星光，我在帐篷下

点灯，照亮这人世上的羊群
与爱情；那么久了，
彼此都不忍别离，
好像一块燃烧的煤，带着
地火、青春和奔跑，
在这个春天里轮回。

怒放

不需要讲的，一定
留在了纸后，
不置一字，让春天
去宽恕。不需要澄清的，
最好让天空的纽扣，
不，那些美好的大雁，
裹挟而去，
没有心悸或燃烧。
不需要离别的，比如
水和墨，
爱与哀愁，宁愿
让一盏灯去秘密照亮。
不需要写下的，
就此止笔，因为太多的
喧嚣中，必须看紧
内心的羽毛。不需要
祈祷的，从此

不必恳切，
因为这一生的飞行中，
我从来鲜花吹袭，
迎风怒放。

恳切

对一只羊的恳切，是把它
领进经书，找见草原，
并做一次神圣的试探。

对一盏灯的恳切，来自
壁画之上的空白，因为
佛离开以后，大雪倾泻。

对一只鹰的恳切，远在
秋天之外，那时的奴隶
与歌声，尚无人记载。

对一座磨坊的恳切，其实
并不比忧伤更多，当痛苦的
拌料，被我们一再咀嚼。

大风起兮，天空凌乱，

谁在高处痛饮？谁又
打翻了这一盘恳切的棋局？

神圣的雪

春天之后的雪，其实
很难，像一个唐突的人表白
心迹，却没有接纳的旷野。

这些掉队的人，身披蓑衣，
带着永恒的好奇，来到了
珍贵的人间，点灯，求法，

而后寂灭。在忧伤的
山谷，鲜花是一种舍利，
大雁却是飞行的菩萨。

唯有羊群知道，这秘密的
甘露，多么热烈，仿佛
一个人的青春被写入了经卷。

下雪的一刹，我和佛陀

四目相对。那时的印度，
那时的我，还没有神圣的因果。

但是，在迎面走来的
日子里，这慈悲的天空，
不曾断喝，只有施洗如雪。

白雪咏叹调

鸽子一样的雪，
鸽子高的天；
鸽子一样的狂风，
吹着鸽子一样的人间。

鸽子一样的云，
鸽子般地飞；
鸽子一样的你呀，
带着鸽子一样的心。

鸽子一样的菩萨，
鸽子似的母亲；
鸽子一样的热烈，
降下鸽子一样的春天。

生日

多少爱，像痛苦站在了地平线上。

迎着那一场风雪，在高迥的
内陆，我守住敦煌和菩萨。
我凿试手艺，塑下金身，
月亮一样去染成净，接近了黎明。

所以，和世上的儿女们
一起劳作，一起热泪盈眶。
如果天空扔下试卷，命令作答，
我知道，谁又在眷顾这热烈的生命。

情景

夜半铲雪的人，身披黑衣，
像一些秘密的修士，
突然眩晕，对信仰发生了
动摇，却又无计可施。
那一刻，雪在放射，
浪漫的火花，
犹如铁锹的狙击，以及
扫帚对内心的忏悔，
将一座废弃的教堂，
整饬一新。但天空像一只鸟
无枝可栖，
唯有大雪纷飞，才能
保持住尊严的轨迹。
夜半铲雪的人，
鼹鼠，抑或是蝙蝠，
带着嘹亮的音箱，
一边行进，

一边宣谕，不小心
露出了这个春天的马脚。